Queridos amigos
bienvenidos al mundo de

Geronimo Stilton

GERONIMO STILTON
RATÓN INTELECTUAL,
DIRECTOR DE *EL ECO DEL ROEDOR*

TEA STILTON
AVENTURERA Y DECIDIDA,
ENVIADA ESPECIAL DE *EL ECO DEL ROED*

TRAMPITA STILTON
PILLÍN Y BURLÓN,
PRIMO DE GERONIMO

BENJAMÍN STILTON
SIMPÁTICO Y AFECTUOSO,
SOBRINO DE GERONIMO

Geronimo Stilton

EL MISTERIOSO MANUSCRITO DE NOSTRARRATUS

DESTINO

El nombre de Geronimo Stilton y todos los personajes y detalles relacionados con él son *copyright*, marca registrada y licencia exclusiva de Edizioni Piemme S.p.A. Todos los derechos reservados. Se protegen los derechos morales del autor.

Textos de Geronimo Stilton
Inspirado en una idea original de Elisabetta Dami
Ilustraciones de Larry Keys
Diseño gráfico de Merenguita Gingermouse

Título original: *Il misterio manoscritto di Nostratopus*
© de la traducción: Manuel Manzano, 2007

Destino Infantil & Juvenil
destinojoven@edestino.es
www.destinojoven.com
Publicado por Editorial Planeta, S. A.

© 2000 - Edizioni Piemme S.p.A., Via Tiziano 32 – 20145 Milán – Italia
www.geronimostilton.com
© 2009 de la edición en lengua española: Editorial Planeta S. A.
Avda. Diagonal, 662-664, 08034 Barcelona
Derechos internacionales © Atlantyca S.p.A., Via Leopardi 8, 20123 Milán, Italia – foreignrights@atlantyca.it / www.atlantyca.com

Primera edición: mayo de 2003
Decimoséptima impresión: mayo de 2010
ISBN: 978-84-08-04755-1
Depósito legal: M. 20.764-2010
Fotocomposición: Víctor Igual, S. L.
Impresión y encuadernación: Brosmac, S. L.

Impreso en España - Printed in Spain

El papel utilizado para la impresión de este libro es cien por cien libre de cloro y está calificado como **papel ecológico.**

No se permite la reproducción total o parcial de este libro ni su incorporación a un sistema informático, ni su transmisión en cualquier forma o por cualquier medio, sea éste electrónico, mecánico, por fotocopia, por grabación u otros métodos, sin el permiso previo y por escrito de los titulares del *copyright*. La infracción de los derechos mencionados puede ser constitutiva de delito contra la propiedad intelectual (Arts. 270 y siguientes del Código Penal).

Stilton es el nombre de un famoso queso inglés. Es una marca registrada de la Asociación de Fabricantes de Queso Stilton. Para más información www.stiltoncheese.com

Soy un ratón
de lo más normal

Veamos… ¿Por dónde empiezo?

Ah, ya lo tengo: ante todo voy a presentarme.

Mi nombre es Stilton, *¡Geronimo Stilton!*

Me considero una persona, *quiero decir un ratón* absolutamente normal. Soy editor: dirijo *El Eco del Roedor,* el periódico con mayor difusión de la Isla de los Ratones.

¡Por mil quesos de bola!... Todo empezó de esa manera,

aquel martes por la tarde, en la redacción de mi periódico...

Fuera hacía **FRÍO**, pero en el despacho de mi editorial se estaba muy a gusto.

El fuego ardía en la chimenea: ꝺh, ¡qué calorcillo tan agradable!

Saboreando un té oscuro y muy caliente, bien cargado de azúcar, mordisqueaba un pedacito de parmesano curado dispuesto a reemprender el trabajo.

Facturas, recibos, contratos: debía ordenar la contabilidad de mi editorial.

Daba la impresión de ser un martes cualquiera, un día normal, tranquilo, cuando...

Una vocecita chillona me trepanó los tímpanos, haciéndome saltar de mi silla.

–¡JEFEEE! –chilló Pinky, mi ayudante editorial.

–¡No grites, por favor! –refunfuñé–. ¡Y no me llames JEFE!

Dando saltitos y meneando la cola a ritmo de R A P, se acercó hasta mi escritorio.

Me di cuenta de que (como siempre) llevaba bajo el brazo su superagenda de color fresa, forrada de piel de gato sintética.

–¡JEFE, JEFE, JEFE! He tenido una idea genial (solo se me podía ocurrir a mí), ¿quieres que te la cuente, JEFE? ¿Eh? ¿Quieres oírla? ¡JEFEEEEEEEEEEEEEE-EEEE!

–¿No podríamos hablarlo después? Estoy trabajando –repliqué exasperado.

–¡JEFE, es urgente, urgentísimo!

–¡*Ufff!* –resoplé–. Te lo ruego, no grites más, ¡que no tengo las orejas *rellenas de queso*!

–JEFE, he tenido una idea... –prosiguió ella con tono conspirador–. ¡¡¡Una idea explosiva!!! –gritó después, perforándome el tímpano derecho.

Me sobresalté, *di un bote* en la silla, y me caí hacia atrás arrastrando un montón de facturas.

–Vale, vale, habla, ¿de qué se trata? –grité exasperado, mientras recogía los papeles esparcidos por el suelo.

–¡JEFE, tenemos que participar sin falta en

la Feria del Libro de Ratonkfurt! Deberíamos ponernos al día por lo que respecta a las últimas TENDENCIAS: los colores, el diseño gráfico, los títulos, las cubiertas...

–Veremos a los editores más importantes, ¿me oyes, JJEEEEEFEEEEEE? Resoplé.

–Ya lo he entendido; es interesante, pero no tengo TIEMP⊙ para ocuparme de esas cosas.

–No te preocupes, **JEFE**, ¡déjalo en mis manos, yo lo organizaré todo, **JEFE**! –dijo Pinky con una sonrisa de ratita pícara mientras se escabullía rápidamente de mi oficina como un ratoncillo.

Con el rabillo del ojo vi que hojeaba satisfecha su agendota de color fresa.

Después la oí susurrando por el móvil.

Ahora susurraba, ¿eh?

¡Por mil quesos de bola! ¿Por qué Pinky solo me gritaba a mí?

Volví al trabajo, cada vez más cansado.

Pobre de mí, las cuentas no cuadraban.

¡No cuadraban!

Trabajé toda la noche.
Al final acabé realmente molido de cansancio, dormido con los morros sobre el escritorio.

¿POR QUÉ? ¿POR QUÉ? ¿POR QUÉ?

Me desperté de SOPETÓN.

Alguien me estaba gritando al oído.

–¡Despiertaaa, que nos vamos!

–¿Despierta? ¿Quién se despierta? ¿Quién se va? –pregunté atontado.

Pinky me guiñó el ojo:

–Nosotros nos vamos, **JEFE**. ¿Estás contento?

–¿Eh? ¿Nos vamos? ¿Por qué? –pregunté perplejo.

–Venga, **JEFE**, ¿estás listo? ¡Ya he llamado un taxi! –dijo severa señalándome el reloj.

–¡No estoy listo! Ni siquiera sé adónde se supone que tengo que ir! –grité irritado.

–**JEFE**, sabes adónde vamos perfectamente.

¡A Ratonkfurt! –rebatió ella, tranquila, acariciándose las orejas. Después me pasó por los morros los billetes de avión para Ratonkfurt a nuestro nombre: lo había organizado todo.

Me dieron ganas de ponerme a llorar.

¿Por qué? ¿Por qué? ¿Por qué la contraté?

Posdata: Pinky Pick tiene trece años, le encanta navegar por Internet, tiene un montón de amigos, lo sabe todo acerca de las últimas tendencias, ¡de mayor le gustaría ser video-jockey! Si queréis saber más de ella, su historia se explica en el libro Mi nombre es Stilton, Geronimo Stilton.

¡ES DE FIAR, JEFE!

–¡Yo no me muevo de aquí! ¡Tengo que acabar de pasar las cuentas sin falta! –protesté con decisión.

Pinky consultó su superagenda color fresa.

–**JEFE**, ya tengo la solución (soy lista, ¿eh?). He encontrado un CFG (Consultor Financiero Global). Es un ratón un *rato rápido*. Vaya, un ratón que *sabe un rato*, **JEFE**.

Reflexioné.

–Ejem, ¿Consultor Financiero? ¿Global? Bueno, sí, quizás es una buena idea... Pero ¿sabe que tendrá que presentar el balance final? ¿Puedo fiarme?

Pinky sonrió con compasión.

–¡Por supuesto! Sabe hacer de todo, si no, ¿por qué se llamaría GLOBAL? Es de fiar, **JEFE**.

–¿Cuánto me costará? –pregunté receloso.

Ella me guiñó el ojo con un aire pícaro.

–¡Te hará un precio GLOBAL, **JEFE**!

Antes de que pudiese replicar, me puso la zancadilla y rodé hasta un microbús cochambroso que esperaba frente a la puerta.

–¡Venga, que nos vamos! –concluyó.

En el microbús reinaba el desorden más absoluto. Libros y libros llenos de polvo, folios garabateados con una caligrafía incomprensible, notas pegadas por todos lados y un fuerte olor a café...

¿CON QUÉ PATA?

El microbús arrancó *QUEMANDO NEUMÁTICOS* y se dirigió hacia la autopista a *TODA VELOCIDAD*.

–¡Pero esto no es un taxi! –protesté.

El individuo que iba al volante se volvió para saludarme

–¡Me llamo Van Ratten, Ratino Van Ratten! –declaró con un profundo vozarrón ofreciéndome cordialmente una **PATAZA PELUDA**. Después (no sé de dónde) sacó un rollo de pergamino.

–¿Usted es Stilton, el editor? Tengo aquí un **antiguo** manuscrito que le interesará, puesto que usted se ocupa de *Cultura* –gritó dándome el rollo con la pata derecha.

En ese instante pensé en algo que me dejó

helado. El cálculo fue rápido: con la derecha me daba el rollo, con la izquierda me daba la pata…, entonces, ¿¿¿con qué pata sostenía el volante??? ¡¡¡Y además, me estaba mirando a mí y no a la carretera!!!

–¡Por favor! ¡Mire la carretera! –grité desesperado.

Se volvió y cogió el volante de nuevo, justo a tiempo para esquivar un camión con re-

molque. Como si no hubiese pasado nada y mientras **mordísqueaba** un bombón de café, dijo:

–... querido Stilton, conozco su catálogo editorial, y desde el punto de vista *Cultural*, es algo escaso... ¿Qué diría de darle un poco más de peso? Yo tengo algunas ideas, por ejemplo, este manuscrito...

–¿Pero quién es este chiflado? –le susurré a Pinky.

Ella me contestó orgullosa:

–¡Mi tío! Acabo de tener una idea supergenial: ¿que te parece si lo hacemos AC, es decir, ASESOR CULTURAL?

RATINO VAN RATTEN

¡EL MISMÍSIMO STILTON!

Ratino, entretanto, se hurgó en los bolsillos en busca de su billete de avión, y exclamó:

–¡POR MIL GATOS PARDOS!

Entornó los ojos y rascándose nervioso el cogote gritó:

–Tiene bigotes la cosa, no sé dónde narices he metido el billete...

El microbús derrapó peligrosamente.

–¡CUIDADOOO! –grité aterrorizado.

Me lancé para aferrar el volante, pero Ratín, de un salto fulminante, lo atrapó al vuelo.

–Tranquilo, tranquilo, Stilton –me alentó–, aquí está, ya he encontrado el billete. ¡Tómeselo con calma!

El microbús derrapó peligrosamente...

Oí que le murmuraba a Pinky:

–¡Pero qué nervioso es tu **JEFE**!

Después continuó ALEGRE:

–El avión despega dentro de un par de horas: tenemos todo el tiempo del mundo para llegar, podemos picar algo, tomar un café; usted nada de café, Stilton, que ya está demasiado nervioso...

Pinky echó un vistazo a su reloj verde fluorescente, cogió los billetes de avión, miró el reloj de nuevo y soltó un grito:

–Pero, tío, ¡¡¡si el avión sale dentro de media hora!!!

Él levantó las dos patas del volante, con la izquierda hizo un gesto para pedir silencio, y con la derecha se dio una palmada en la frente:

–¡Ya lo entiendo! Ahora no son las 15 y 12, sino las 16 y 12. ¡No he puesto el reloj en hora después del cambio horario oficial!

Palidecí. ¿Por qué no dejaba quietas las patas en el volante?

–¡Mire la carretera, se lo ruego! –después precisé–: ¡Y sepa que la hora oficial se cambió hace cuatro meses!

Entonces gritó:

–¡Por mil gatos negros! ¡Aaaah, cómo vuela el tiempo! Pero no tengáis miedo, ¡yo me ocupo de todo!

Me juego el pellejo a que no perdemos el avión...

Pisó a fondo el pedal del acelerador y el microbús salió disparado rugiendo, de un salto felino.

–¡*Auxiliooooo!* ¡Quiero bajarme!

Pinky me tranquilizó:

–¡Todo está controlado, **JEFE**! –Y entonces accionó el cronómetro que siempre lleva colgado del cuello.

Entretanto, Ratino *zig zagueaba* a una velocidad demencial de un carril al otro, mientras cantaba una aria lírica con su vozarrón de bajo.

–*Asturiaaaaas... patria queridaaaa...*

Pinky tamborileaba con las patitas en el salpicadero y tarareaba inspirada:

–Porompompom... porompompom... porompompom...

Ocho minutos más tarde llegábamos. Ocho, ¡he dicho ocho!

En el aparcamiento, Ratino se fijó en un individuo que estaba a punto de aparcar y le gritó:

–¿Has visto que llevas una rueda pinchada?

El otro, sorprendido, sacó la cabeza por la ventanilla para ver qué pasaba: Ratino, *un rato listo*, aprovechó la ocasión para meterse en el único **sitio libre** que quedaba.

–¡Listos! –exclamó contento.

Me bajé del microbús levantándome el cuello del abrigo, tapándome el hocico, **ROJO** de vergüenza. Entretanto, el otro conductor nos dedicaba palabras irrepetibles.

Nos precipitamos hasta el aeropuerto arrastrando las maletas.

Los altavoces anunciaban:

–¡Último aviso para el vuelo de Ratonkfurt! ¡Último aviso! ¡Ultimísimo aviso!

Cruzamos la sala corriendo, mientras Ratín gritaba:

–**¡Paso, paso!** ¡Abrid paso! ¡Echaos a un lado, venga!

Escuché a la gente protestar a un lado y a otro.

–Pero ¿quién es ese individuo, *ese ratón* tan maleducado?

–Creo que lo conozco: ¿no es Stilton, el editor?

–Tienes razón, ¡el mismísimo!

–Sí, es Stilton, ¡el mismísimo Geronimo Stilton!

Yo intentaba taparme el morro con la maleta para que no me reconociesen.

Cuando llegamos al mostrador de facturación, Ratino gritó:

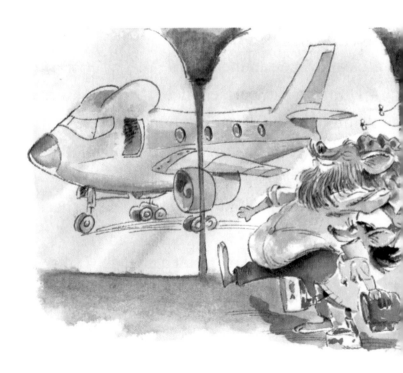

–¡Aquí hay un **VIP**, el editor Stilton! ¡Y nosotros vamos con él!

Después se coló por delante de todo el mundo. Yo intentaba detenerlo: ¡demasiado tarde!

Alguien protestó:

–¡Ese listillo no quiere hacer la cola como los demás!

–¿Ah, sí? Pero ¿quién es?

–Fíjate, mira: ¡es Stilton, Geronimo Stilton!

–Nunca lo hubiera dicho: él, que parecía un roedor tan honrado, *un intelectual...*

–Pues ya lo ves, ¡es un maleducado!

–¡Qué comportamiento tan infame!

–¡Debería caérsele la cara de vergüenza, al señor Stilton!

–¡Y fíjate con qué tipos tan extraños viaja!

Entre la multitud distinguí a un fotógrafo de *La Gaceta del Ratón,* el periódico que le hace la competencia a *El Eco del Roedor.* Se

relamió los bigotes ante aquella oportunidad tan suculenta y se apresuró a disparar una ráfaga de fotografías.

Podía imaginarme los titulares del día siguiente en primera plana: *¡EDITOR MALEDUCADO SE COMPORTA DE MANERA LAMENTABLE EN EL AEROPUERTO!*

Como se oían protestas cada vez más fuertes, Ratino le requisó rápidamente una muleta a un ratón que tenía la pata enyesada y me la puso bajo el sobaco.

–¡El editor Stilton está prácticamente inválido! ¡Y sufre, sufre mucho! –dijo mientras me daba una patada en la tibia que me arrancó un gemido de dolor.

–¿Oís cómo se queja? –comentó.

Cogió nuestras tarjetas de embarque y me arrastró encima de un carrito, muleta incluida, después de haber atrapado al vuelo una taza de café del bar.

CON SEMEJANTE MORRO...

En ese instante oí unos gritos:

–¡Alto! ¡Por fin te capturamos!

Un funcionario de aduanas detuvo a Ratino, y mostrándole una foto de busca y captura, le dijo:

–¿Con semejante morro de delincuente pensabas salirte con la tuya?

Después, dirigiéndose a mí, añadió en tono severo:

–¿Usted conoce a este individuo, o sea, a *este ratón*?

–Bueno, yo, sí, o quizá no, de alguna manera, ejem... –balbuceé dudando.

Se llevaron a Ratino escoltado.

Y a nosotros con él. El fotógrafo de *La Gaceta*

del Ratón aprovechó la ocasión para tomar más fotos. Podía imaginarme el titular:

¡¡¡ESCÁNDALO EN RATONIA!!! ¡EL EDITOR STILTON ARRESTADO EN EL AEROPUERTO POR CÓMPLICE DE UN PELIGROSO TERRORISTA!

Muchas horas después (naturalmente perdimos el avión) la policía descubrió que Ratino era una copia calcada de un peligroso terrorista, buscado desde hacía años. Al fin conseguimos partir. De todas maneras, yo estaba **de los nervios**, porque:

a) tuve que reparar mis gafas con cinta adhesiva (Ratino se había sentado encima);

b) tuve que secar mi billete con un secador de pelo (Ratino había vertido una taza de café por encima);

c) acabé en la enfermería (Ratino me había aplastado la cola con una puerta corredera);

d) mi maleta se había perdido (Ratino la había facturado en un mostrador equivocado).

Cultura CON C MAYÚSCULA

Pinky cerró los ojos en cuanto el avión despegó.
Por el contrario, Ratino empezó a parlotear
mientras paladeaba un **café frío triple**.
–Entiéndame, querido Stilton, yo creo mucho,

MUUUUCHO en la *Cultura*, pero en aquella con *C* mayúscula, y no en esas porquerías que se leen en los periódicos, como por ejemplo en ese periodicucho... cómo se llama... *El Eco del Roedor*, ah, sí, ¿lo publica usted? Enhorabuena, ¿de dónde saca el valor para publicar estupideces semejan-

tes? ¿Cómo es que aún no se ha arruinado?, *ja ja, jaaa,* aunque, quizás, es justamente eso lo que quiere la gente, estupideces, y no *Cultura* con *C* mayúscula, pero no se preocupe que ya me encargaré yo de decirle lo que tiene que publicar, por ejemplo ese manuscrito del que le hablaba...

Ratino parloteó durante todo el viaje mientras me pasaba por los morros el misterioso manuscrito y se bebía un café tras otro.

Cuando llegamos, yo ya estaba de los nervios, tenía una expresión ida en el rostro y los ojos desorbitados. Él, en cambio, parecía fresco como una rosa.

Se desperezó:

–Stilton, ¿le apetece un poco de *fondue al ajo*? ¿Un platito consistente, para levantar la moral?

Me entraban náuseas solo de pensarlo. ¡Eran las ocho de la mañana! Se paró en un quiosco de comidas y, mientras tragaba cucharadas de fondue hirviendo, **gimoteó:**

–¡Aah, qué delicia! ¡Esto sí que es una *Fondue* con *F* mayúscula!

Por el contrario, Pinky se contentó con un rat-dog gigante al pimentón y un superbatido de gorgonzola triple a la guindilla picante.

¡Eran clavados el uno al otro!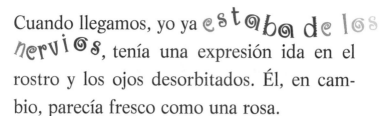

¡ESTO SÍ QUE ES VIDA!

El taxi paró frente al *Ratitz* , el hotel más LUJOSO de la ciudad.

Un recepcionista con aires de esnob exclamó:

–¿El señor Stilton? ¡Las lujosas *Suites* que ha reservado ya están a punto!

Perplejo, me volví hacia Pinky para pedirle explicaciones, pero en ese instante llegó el director, un ratón sofisticado con la **erre** francesa, un tal **Reblochón de Roquefort**.

–*Enchanté,* ¡qué honog que hayan elegido nuestgo hotel! Pog favog, síganme...

Nos acompañó hasta una puerta de aspecto lujoso: en la tarjeta decía *Suite Real*.

El Ratitz era el hotel más lujoso de la ciudad...

Antes de que pudiese protestar, él ya había abierto la puerta anunciando en un tono solemne:

–¡La habitación de *mademoiselle* Pinky!

Era un inmenso salón con ventanales **góticos** y columnas de mármol repartidas por aquí y por allá.

–*Voilà:* el baño con la minipiscina, la cama con el estégueo incogpogado, y sob*gue* todo la megaestación de videojuegos con la supegpantalla gigante de pa*gue*t, ¡todo lo que Mademoiselle ha pedido!

–¡UAUU! –exclamó Pinky feliz.

YO TENÍA ESCALOFRÍOS. ¿Qué me costaría todo aquello? Quería decir algo (no sé qué exactamente) pero Reblochón ya nos conducía hacia otra puerta: esta vez en la tarjeta decía *Suite Imperiale* !

Pinky me guiñó el ojo:

–¡Ya sé que tú siempre quieres solo lo mejor, **JEFE**! –exclamó.

¡La habitación de mademoiselle Pinky!

El director la miraba con simpatía.

–Qué seño*gu*ita más peg*spicaz, cómo se nota que le admiga, que tgabaja paga usted pog vocación... *Et voilà!*

La puerta se abrió de par en par y mostró un salón aún más grande, con un techo de bóvedas decoradas con frescos.

–Ejem, ¿y aquí duermo yo? –pregunté incrédulo.

–¡No, aquí dormimos **NOSOTROS**! –me corrigió Ratino.

–**¿NOSOTROS?** –exclamé, desconcertado.

Ratino me dio en el hombro unas palmaditas familiares con la pata.

–¿Sabe qué, querido Stilton? Esta iba a ser **MI** habitación. Para usted, Pinky había encargado la *Suite Mega-Galáctica,* aún más prestigiosa, pero desgraciadamente ¡está ocupada! Por eso, queridísimo, le dejo hospedarse en mi suite. ¿Agradece mi gesto, Stilton?

Sepa que para mí es un sacrificio, ¿eh?

Reblochón comentó:

–¡Ah, qué genegosidad!

Yo me sentía completamente fuera de juego.

Intenté escabullirme:

–Ejem, gracias, es un honor, pero ¿no habría una individual para mí...?

Ratino se ofendió:

–¿Le ofrezco mi habitación y usted la rechaza? ¿Quizás apesto? ¿Eh?

¿APESTO?

–¡No, claro que no apesta! –me apresuré a responder.

Ratino me empujó adentro de la habitación y le dijo a Pinky:

–¡Hasta luego!

Cerró la puerta, tomó carrerilla y saltó encima de la cama chillando:

–¡Esto sí que es *Vida* con la *V* mayúscula!

¡Uau! ¡Uau! ¡Uau!

Ratino era un compañero de habitación ESPANTOSO.

Se dejaba siempre abierto el grifo de la bañera: debía vigilarlo constantemente para evitar inundaciones. Además, no dormía más de tres o cuatro horas por noche. Claro: ¡se hartaba de café sin parar! ¡Incluso se había hecho subir una cafetera para prepararse el exprés! Cada cuarto de hora como máximo exclamaba:

¬¡Mira tú, me parece que me tomaré un cafetito!

Se tragaba el exprés hirviendo de un trago, como si tuviese el estómago de amianto.

Y encima roncaba, oh, cómo RoN CABA.

Pasé una noche terrible. A la mañana siguiente me levanté **completamente trastornado**. Sin embargo, como soy un ratón puntual, a las ocho en punto estaba en el hall del hotel, dispuesto a salir hacia la Feria del Libro; Ratino dijo que ya nos alcanzaría más tarde. Pinky se subió al taxi conmigo y le susurró algo al taxista. Este arrancó quemando neumáticos. Yo me relajé pensando en mis cosas: las citas que me esperaban, los clientes con los que tenía que hablar de negocios... Pasados diez minutos, el taxista frenó de golpe ante un cartel que decía: **¡Uau! ¡Uau! ¡Uau!**

Pinky bajó del taxi de un salto.

–¿Adónde vas? –pregunté sorprendido.

–¡A ponerme al día, **JEFE**! –gritó ella, corriendo a grandes zancadas en dirección a la taquilla.

Yo estaba desconcertado.

–Pero ¿qué, qué, qué? –pregunté mientras la

... un cartel que decía ¡Uau! ¡Uau! ¡Uau!

seguía. Un viandante me explicó que aquello era el **parque de atracciones** más famoso de la ciudad.

Cuando ya casi la había alcanzado, Pinky se metió dentro de la primera atracción, el chafarratones del quesopirado.

Me fijé en que al lado de la puerta de entrada había una ambulancia aparcada. Me preguntaba para qué, cuando de pronto vi a Pinky subirse a una vagoneta con forma de taza. La seguí mientras le gritaba:

–¡Pinky, espérame!

Pero me atropelló un grupito de chiquilluelos alborotados, tropecé y fui a caer de morros dentro de la taza siguiente.

Ella se dio la vuelta, me vio y entonces me hizo un gesto de **OK** con los pulgares levantados. En ese instante las tazas entraron en una galería más oscura que la boca de un gato

mientras un altavoz emitía esta tremenda cancioncita (seguro que escrita por un sádico):

—*Pirado, pirado, pirado, te machacaré hasta dejarte morado, al entrar te has equivocado, pero ¿quién te ha engañado?*

Mientras las tazas subían y bajaban, giraban sobre sí mismas a una velocidad vertiginosa, primero en el sentido de las agujas del reloj y después al revés

Aquello era el fin del mundo. Mientras las tazas subían y bajaban, en la más absoluta oscuridad, giraban sobre sí mismas a una velocidad vertiginosa, primero en el sentido de las agujas del reloj y después al revés, machacando a los roedores incautos (como yo) que habíamos osado entrar.

La cancioncita continuaba:

–*¡Te mereces ser machacado porque eres un pirado!*

Yo tenía el estómago más revuelto que una coctelera. Al fin estábamos de nuevo al aire libre. A la salida del chafarratones del quesopirado, los enfermeros de la Cruz Amarilla reanimaban a los roedores desmayados acercándoles a los morros trozos de parmesano muy curado.

Bajé pálido como el requesón y vi con horror a Pinky que corría hacia otra atracción,

¡LA MADRIGUERA DEL GATO FANTASMA!

LA MADRIGUERA DEL GATO FANTASMA

En ese instante oí una voz a mi espalda:

–¡Stilton! ¿También usted por aquí?

Me volví: era Epifanio Rático, un editor especializado en libros infantiles.

–Ejem, ¡buenos días, Rático! ¿También usted ha venido a la Feria del Libro? –lo saludé.

Me fijé en que tenía cogido de la pata a un ratoncillo de unos cinco años.

–He venido para acompañar a mi sobrino –explicó–. Parece que *LA MADRIGUERA DEL GATO FANTASMA* es una experiencia interesante. ¡No hay que perdérsela! Usted también entra, ¿verdad, Stilton?

... era Epifanio Rático, con su sobrino...

–Ejem, creo que esperaré fuera –murmuré.

Pinky, que ya se había dado cuenta de la situación, metió baza, como de costumbre.

–Soy Pinky Pick, la ayudante editorial del señor Stilton. Le estaba diciendo que tiene que probar esta novísima atracción, que está a la última moda, entiende...

Él asintió convencido.

–Muy lista, sí, muy lista, así es como se hace, es necesario renovarse continuamente, ¡tenemos que entender lo que les gusta a los jóvenes! ¡Qué suerte tiene, Stilton, de tener una colaboradora tan inteligente! ¡Dichoso de usted! ¡Vamos a entrar! ¡No puedo esperar! Dicen que es una experiencia absolutamente TERRORÍFICA...

Nos acercamos a la entrada todos juntos.

Yo notaba que me faltaban las fuerzas...

Me deslicé hacia una butaquita de piel de gato sintética y me dejé caer, DESESPERADO.

Me quedé horrorizado: ¡en lugar de una barra de seguridad, dos patas de felino cerraron sus garras en torno a mí!

La vagoneta entró en una oscura galería.

De repente, frente a mis morros, un esqueleto de gato se BALANCEÓ.

Un altavoz me ensordeció con la grabación de un maullido tan alta como para perforar los tímpanos.

Miaaa uuuuu wwwww

A continuación, me encontré frente a un holograma de un **GATO** tan realista que los bigotes me temblaban de miedo...
Una garra de acero que colgaba del techo me rozó las orejas y me arrancó las gafas de los morros.

De golpe, apareció una larga **sombra felina** en el muro frente a nosotros, como si un gato monstruoso estuviese persiguiéndonos. Yo chillé:

–*¡Auxiliooooooo!*

Pinky me explicó:

–*¡Tranqui, **JEFE**, solo es una ilusión óptica!*

Después me cayó encima un líquido amarillento. Yo grité asqueado:

–¿Qué es esto? ¿Pis de gato?

–Por supuesto que no –explicó el sobrino de Epifanio en tono de superioridad–: solo es agua teñida, ¿lo ves?

Salí de *LA MADRIGUERA DEL GATO FANTASMA* completamente desquiciado.

–Stilton, no sabía que fuese un ratón tan impresionable –me dijo Epifanio, meneando la cabeza.

Me di cuenta de que había hecho un ridículo espantoso.

¡Ah, cómo me gustan los libros!

Al fin conseguí convencer a Pinky de que nos fuéramos del parque de atracciones y nos dirigimos hacia la Feria del Libro.

Me dirigí a los stands corriendo como un loco: *¡cielos,* solo me quedaba un día para arreglar todos mis asuntos!

Al llegar me encontré a Ratino sentado en **MI** escritorio. Me fijé en que había vertido una taza de café ¡sobre **MI** agenda!

–Han venido editores extran-jeros a buscarlo,

diciendo que tenían una cita. Yo les he dicho que usted tenía cosas mejores que hacer. No he entendido muy bien su respuesta, pero me parece que se han ofendido..., incluso han roto un contrato. ¡Aquí está!

Recogí los trocitos del contrato y me mordí la cola de **RABIA**.

–¡Cerrar este contrato de coedición me había costado un año de trabajo!

Él continuó:

–Después ha venido un autor a proponer un libro; pero le he dicho que seguro que no le interesaba, que de ahora en adelante en lugar de porquerías como aquella solo publicaremos *Cultura* con *C* mayúscula. Debería ver cómo se ha puesto...

Yo me tiraba de los bigotes de pura desesperación.

–¡Era Mefistófeles Grünz! Un autor susceptible, que hacía poco que había convencido para que colaborase en la editorial Stilton...

Ratino se relamió los bigotes con desinterés:

–Después..., después ha pasado *Moviola Colaenrollada*, una periodista de RAT TV.

–¿Y qué le ha dicho? –pregunté al borde del ataque de nervios.

–¡Ah, si supiese! A ella también le he dicho que sólo publicaremos libros *Culturales* con *C* mayúscula, como por ejemplo *Epistemología arcaica de homonimia ratológica aleatoria* o también *Ratonomástica logarítmica de la desratización metafísica,* por no hablar de la *Crítica de la razón roída.*

–¿Y qué ha dicho Moviola? –pregunté temblando.

Él resopló:

–¡Por mil gatos blancos! Se ha dormido a media entrevista. Me ha dicho que volverá a nuestro stand solo cuando tenga insomnio. ¡Qué ignorante! Y pensar que para mantenerla despierta incluso le he ofrecido un café de mi bolsillo, ¡por mil gatos peludos!

Me **hundí**:

–Enhorabuena, ha conseguido arruinarme..., así, en pocas horas...

Pinky me pasaba un catálogo por delante de los morros:

–**JEFE**, ¿qué haces, te desmayas?

En aquel momento se acercó un importante agente literario. Señaló un libro que había escrito yo, *El misterio del ojo de esmeralda*. Empecé a explicarle el argumento:

–Todo empieza cuando mi hermana Tea encuentra un extraño mapa del tesoro. Tea, mi

primo Trampita, mi sobrino Benjamín y yo decidimos partir en busca del tesoro, a bordo de un bergantín...

El agente estaba entusiasmado:

–Es una historia interesante. Me gustaría saber si aún están libres los derechos editoriales para el extranjero...

Ratino se lo arrancó de la mano:

–¡Pero si eso no es *Cultura* con *C* mayúscula! ¡Déjelo correr, hágame caso!

Intenté acallarlo, pero el mal ya estaba hecho. El agente se marchó meneando la cabeza, como si fuésemos un par de locos de atar.

Miré el reloj: *¡por mil quesos de bola!* ¡Llegaba tarde! Corrí hacia la sala donde había una importante conferencia sobre el mundo editorial y a la que estaba invitado.

Atravesé pabellones llenos a rebosar donde editores, autores, ilustradores, agentes literarios e impresores hablaban de negocios. Entretanto aproveché para echar un vistazo a las novedades expuestas en las estanterías.

¡Ah, cómo me gustan los libros!

 Me gusta leerlos, ojearlos, olerlos: ¡me encanta el olor de la tinta fresca, del papel recién impreso!

¡Qué bonita es la labor del editor! ¡No lo cambiaría por nada del mundo!

Llegué a la conferencia: subí a la tarima y solté un pequeño discurso.

Todos aplaudieron con amabilidad.

Después pregunté:

–¿Alguna pregunta?

Desde el fondo de la sala alguien gritó:

–Explíqueme por qué en las editoriales de

hoy en día nadie hace *Cultura* con *C* mayúscula.

Aquella voz me era familiar...

¡Era él! ¡Era el mismísimo Ratino!

Todo el mundo esperaba una respuesta educada a aquella pregunta.

Por eso ya os podéis imaginar la reacción cuando grité desesperado:

–¡Basta! ¡Me paso por los bigotes la *Cultura* con *C* mayúscula!

El público empezó a **RUMOREAR**. Los demás editores me miraban desconcertados. Oí susurros:

–¡Es la última vez que lo invitamos!

–¡Qué vergüenza! ¡Vaya *papelón* ha hecho Stilton!

EL MANUSCRITO DE NOSTRARRATUS

Volví al stand totalmente FURIOSO.

Ah, cómo me hubiera gustado decirle cuatro cosas al SEÑOR-RATÓN-INTELECTUAL-SABELO-TODO...

Dejé mi cartera en el suelo, y esta le dio un golpe a la de Ratino. De dentro salió un rollo de pergamino descolorido por el tiempo, que llevaba un sello lacado con la señal de una loncha de queso.

La hoja se desenrolló con un crujido: era el antiguo manuscrito al que se refería constantemente Ratín. Como soy un ratón honrado lo devolví inmediatamente a su sitio, pero no pude evitar leer las primeras palabras:

PROFECÍAS DEL EXCELENTÍSIMO ET ILUSTRÍSIMO ET CLARÍSIMO ROEDOR NOSTRARRATUS, MAESTRO SUMO, MAGO DE LAS PROFECÍAS...

¿Nostrarratus?

¿Mago de las Profecías?

Mi olfato de editor me indicaba que aquí había un bestseller, mucho mejor, un *ratseller*: debía saber más de aquel manuscrito.

Justamente en aquel instante llegó Ratino al stand, chupando un helado de café, y yo decidí disimular.

–Ejem, ¡buenos días, Ratino! –exclamé, intentando parecer cordial.

–Umpf –balbuceó él, molesto.

–Ejem, ¿dónde está aquel manuscrito del que me hablaba? –le pregunté fingiendo indiferencia–. Me interesaría verlo...

–Umpf, Umpf...

–Es posible que me interesase publicarlo...

De tantas ganas que tenía de examinarlo las patas se me iban hacia el rollo, sin embargo no quería que se diese cuenta.

–¡Por mil gatos pelados! ¡Usted, la *Cultura* con la *C* mayúscula se la pasa por los bigotes! –me recriminó Ratino con ironía.

Fingí que no lo había oído y continué con desinterés:

–Mire, estaría dispuesto a echarle un vistazo...

–¿Realmente quiere saber de qué se trata? Es un rarísimo manuscrito de Nostrarratus, el Mago de las Profecías, ¡pero ahora mismo se lo acabo de proponer a Sally Ratonen!

Los bigotes me temblaron.

¿Sally Ratonen? ¿La editora de *La Gaceta del Ratón*? ¿Mi **ENEMIGA** número uno, que hacía veinte años que atacaba a *El Eco del*

Roedor por todos los medios lícitos e ilícitos?

Decidí que Sally no tendría nunca el manuscrito.

–Ratino, le ofrezco un buen anticipo...

–Es exactamente lo que me ha dicho Sally. ¡Me ha dicho que me pagará un anticipo de cien mil ejemplares!

Dudé un instante.

¿Cien mil ejemplares?

¿Valía la pena de verdad?

Él, listo como las ratas, se dio cuenta en seguida de que yo tenía dudas, y para convencerme agarró el manuscrito y empezó a declamar en TONO DRAMÁTICO:

Profecías del Mago Nostrarratus

PROFECÍAS DEL EXCELENTÍSIMO ET
ILUSTRÍSIMO ET CLARÍSIMO ROEDOR
NOSTRARRATUS, MAESTRO SUMO, MAGO
DE LAS PROFECÍAS, QUE AQUÍ PREVÉ ACONTECIMIENTOS
QUE VENDRÁN DENTRO DE MILES Y MILES DE AÑOS. ASIMISMO
REVELA CUÁNDO, DE QUÉ MANERA Y POR QUÉ
OCURRIRÁ EL FIN DEL MUNDO ENTERO...
ESTAS MISTERIOSAS PROFECÍAS SON
REUNIDAS ET ESCRITAS EN EL AÑO 1558
POR RATUS VAN RATTEN, HUMILDÍSIMO,
DEFERENTÍSIMO ET DEVOTÍSIMO ESCRIBIENTE DEL
SUMO NOSTRARRATUS...

–¡Por mil gatos colorados! ¡Ha previsto incluso la Fecha del Fin del Mundo! –Ratino me guiñó el ojo–. Pero eso no es todo... Leeré otras cuartetas al azar, solo para darle una idea de lo interesante que es este manuscrito:

ECLIPSE CELESTE ET SEÍSMO EN TIERRA
ANUNCIARÁN UNA LARGA GUERRA:
FELINOS INVASORES BAJARÁN
ET EL PRINCIPADO DE RATONIA INVADIRÁN...

Ratino se interrumpió, con una sonrisa irónica.

–Interesante, ¿verdad? La cuarteta prevé (con siglos de antelación) la Invasión de los Gatos de 1702, que de hecho duró treinta años y coincidió con un eclipse y un terremoto.

»Pero Nostrarratus –continuó–, ha escondido hábilmente el auténtico significado de las profecías, por eso a menudo solo se entienden una vez han ocurrido los hechos. Hay muchas cuartetas que aún no tienen una explicación, estas por ejemplo:

¡POBRE DE AQUEL QUE AL MAGO

OSE DESAFIAR,

PORQUE SU ATREVIMIENTO

DEBERÁ PAGAR!

SI EL MANUSCRITO FUESE ODOBAR

NUNCA UN IROTED LO PODRÍA RACILBUP.

FUEGO ENTRE EL PEPAL DE ALYLS HABRÁ

Y OM INOREG CÉLEBRE SERÁ.

El corazón me latía con fuerza.

¡Aquel libro valía un tesoro!

¡Debía conseguirlo a cualquier precio!

Así que detuve a Ratino con un gesto de la pata:

—¡Le ofrezco un anticipo de doscientos mil ejemplares!

Él contraatacó:

–Sally me ha dicho que me pagará el **10%** de derechos de autor...

–Ejem, querido Ratino, yo le doy el **11%** es más, me quiero arruinar, ¡le doy el **12%** de derechos de autor!

Él se mostró satisfecho.

–Mire, no lo hago por el dinero, sino porque sus libros tienen un nivel cultural tan bajo que usted necesita un poco de *Cultura* con *C* mayúscula...

Le estreché la pata:

–Entonces, ¿palabra de ratón honrado?

– **¡TRATO HECHO!** –respondió él.

sus libros tienen un nivel cultural tan bajo...

Pero ¿cuál es la Fecha?

Yo estaba muy **satisfecho**.

¡Esta vez había ganado yo!

¡Sally Ratonen no pondría nunca sus patas sobre el manuscrito de Nostrarratus! Me imaginaba ya la tirada récord que publicaría. Escogería una cubierta bonita de **seda violeta**, quizás incluso decorada con oro puro. Imprimiría el texto sobre valiosas hojas de pergamino auténtico...

¿Y el título del libro?

Claro que sí: lo titularía *El misterioso manuscrito de Nostrarratus.*

Me lo imaginaba en unos preciosos caracteres góticos, para crear una atmósfera mágica, inquietante...

El misterioso manuscrito de Nostrarratus

Veía los titulares de los periódicos:

¡POR FIN SE HAN REVELADO LOS SECRETOS DEL MAGO DE LAS PROFECÍAS, EN EL BEST-SELLER PUBLICADO POR LA EDITORIAL DE GERONIMO STILTON!

Por cierto, me preguntaba, ¿quién sabe cuál es la Fecha del Fin del Mundo?

Mientras pensaba, noté distraídamente un *FLASH:* ¡alguien nos estaba fotografiando!

Dinero CON *D* MAYÚSCULA

Entretanto, Ratino hablaba sin parar mientras paladeaba un exprés:

–Entiéndalo, querido Stilton, este manuscrito pertenece a nuestra familia desde hace generaciones, pero he sido yo quien lo ha encontrado: estaba escondido en un compartimento secreto del escritorio de mi bisabuelo. El Mago Nostrarratus dejó en herencia el manuscrito a su escribiente, Ratus Van Ratten (antepasado mío), que lo escribió al dictado... Nostrarratus lo tenía todo previsto: la coronación, en 1714, del rey *Quesus IV*, que reunió a todos los roedores de Ratonia bajo una única bandera..., la invasión en 1787 del feroz emperador felino

ZARPOSO III... Nostrarratus había previsto también la **ERUPCIÓN VOLCÁNICA** que destruyó en un solo día la ciudad de Roedorencia (como recordará, ocurrió en 1799)... Nostrarratus había previsto lo que ocurriría siglos después, ¡INCLUSO LA FECHA DEL FIN DEL MUNDO! Me estremecí.

–Ejem, por cierto, ¿cuándo es la Fecha del Fin del Mundo?

Ratino soltó una carcajada.

–Ah, le interesa, ¿eh? ¡Le interesa a todo el mundo, Stilton! Podría ser mañana, pasado mañana, o dentro de tres mil años...

Me moría de ganas de echarle la pata al manuscrito y leer la Fecha.

Él me observaba con los ojos entornados:

–La Fecha solo la sabían Nostrarratus, mi antepasado Ratus Van Ratten... y ahora la sé **YO**, ¡porque también he leído el manuscrito! La Fecha la sabrán aquellos lectores que lean el libro, después de haberlo pagado... y el editor, ¡después de que me haya pagado el anticipo!

Estaba **INDIGNADO**.

–Pero ¿no decía que sólo le importaba la *Cultura* con *C* mayúscula?

Él argumentó con picardía:

–¡La *Cultura* con *C* mayúscula se merece *Dinero* con la *D* mayúscula!

PODRÍA SER MAÑANA, PASADO MAÑANA, O DENTRO DE TRES MIL AÑOS...

¡FUEGO, FUEGO!

En ese instante oí a alguien gritando: ¡FUEGO, FUEGO! Todo el mundo corría hacia las salidas de emergencia. Ratino el primero. Se oyeron las sirenas de los bomberos, y empezaron a caer chorros de agua que salían de los dispositivos antiincendios.

Pasó al menos media hora, entonces dijeron por los altavoces que había sido una falsa alarma, y los pasillos de la Feria se volvieron a llenar de roedores que comentaban con curiosidad lo que había ocurrido.

Cuando llegué al stand, una terrible idea me acudió a la mente **DE SOPETÓN**:

–**¡EL MANUSCRITO!** –exclamé, ansioso–. ¿Dónde lo ha puesto, Ratino? ¿Dónde lo ha puesto?

Él palideció:

–¡Por mil gatos arrabaleros! Estaba aquí, apoyado en el escritorio, cuando nos hemos ido, pero es que todo ha sucedido tan de prisa...

Lo revisé todo.

–En el cajón no está. Aquí tampoco. ¡Parece que ha DESAPARECIDO!

Ratino aulló trágicamente (tanto, que los ratones de los otros stands se volvieron a mirarnos):

–¡Por mil gatos callejeros! ¡Ha desaparecido! ¡El manuscrito ha sido robado! ¡Voy a beberme un café triple para subirme la moral!

Yo pensaba: ... ¿y si en todo esto estuviese la marca de **Sally Ratonen**?

... ¿y si en todo esto estuviese la marca de Sally Ratonen?

BOMBONES
DE QUESO

En ese instante llegó Pinky, que había oído el aullido de Ratino desde la otra punta de la sala.

Se lo expliqué todo. Ella me tranquilizó:

–¡**JEFE**, déjame a mí!

Sacó de su mochilita una **lupa** y examinó el suelo del stand.

Mientras tanto, yo le explicaba que alguien nos había fotografiado a Ratino y a mí mientras hablábamos del manuscrito. De repente, Pinky soltó un gritito agudo de satisfacción y me mostró un papelito dorado.

–¡Es un envoltorio de un **bombón de queso**!

–exclamó mientras lo olía–. ¡De la marca
Para relamerse los bigotes!

Después se fue a examinar el pasillo frente al
stand. La vi agachada por el suelo: ¿quizás
había encontrado una huella? Dobló la esquina, y entonces volvió triunfal, sujetando
un montoncito de papelitos dorados.

–Ya lo tengo, **JEFE**: alguien se había escondido tras la esquina para espiaros mientras
engullía bombones. ¡Tiene que ser un ratón
muy GOLOSO el que ha robado el manuscrito! Por cierto, creo que toda esta historia del incendio ha sido provocada expre-
samente por el ladrón (¿Sally?) ¡para crear
confusión y alejarnos del stand!

Pinky se ofreció para ir de incógnito a *La
Gaceta del Ratón* y recabar información.

Nosotros volvimos a Ratonia sin perder un
solo segundo.

¡AH,
QUÉ PESADILLAS!

Aunque ya estaba en casa, aquella noche dormí **fatal**. Soñé con el laboratorio de Nostrarratus: el Mago me arrancaba de las patas el manuscrito y me decía que no era digno de publicarlo porque no hacía *Cultura* con la *C* mayúscula...

Por la mañana salí a desayunar. Estaba mojando un **cruasán de queso** en el café con leche cuando... apareció ante mí una ratoncita que a primera vista no reconocí.

Ella gritó:

–**¡JEFE, JEFEEEE!** –Y se pavoneaba satisfecha–: ¿Qué dices, eh, **JEFE**? No me has reconocido, ¿a que no?

Soñé con el laboratorio de Nostrarratus...

La observé. El pelaje estaba teñido a mechas de colores fluorescentes: naranja, rojo, violeta, verde, azul. En una oreja llevaba un tatuaje tribal que representaba un gato que mostraba los colmillos. Los pantalones eran de cintura baja para enseñar el ombligo. La camiseta era de TEJIDO TECNO, con una cabeza de gato bordada: si le tirabas de los bigotes al gato se oía un maullido rabioso. Encima llevaba un chaleco de imitación de piel de gato de angora rosa fluorescente. En vez de la mochila, Pinky llevaba una bolsita de piel de pitón sintética.

–Voy vestida de *cool hunter*, ¡cazadora

de tendencias! Así, Sally Ratonen no me reconocerá. Por cierto, ¿has oído la noticia? Sally ha tenido que retirar de la circulación e imprimir de nuevo un millón de ejemplares del periódico: habían impreso una página al revés... *¡¡¡Qué raro!!!* Después Pinky se fue a la caza de noticias a *La Gaceta del Ratón*.

Yo me quedé esperando ansioso en la oficina. Entretanto busqué información en Internet:

Nostrarratus (1503–1566).

Médico y astrólogo, célebre por sus enigmáticas profecías, recogidas en 966 Centurias Astrológicas. Las profecías preveían todos los acontecimientos futuros hasta el fin del mundo. Eran, sin embargo, tan misteriosas que a menudo solo se entendían después de que los hechos hubiesen ocurrido. El manuscrito de las profecías desapareció sin dejar huella.

SEIS CRUASANES RELLENOS DE QUESO

Pinky volvió a la redacción de *El Eco del Roedor* por la tarde.

–**JEFE**, en *La Gaceta del Ratón* se han reventado las alcantarillas (*¡¡¡qué raro!!!*) y las oficinas están inundadas, no se imagina qué PESTILENCIA. Y aún hay más, se les han colgado todos los ORDENADORES. *¡¡¡Qué raro!!!* Pero el manuscrito lo tiene Sally y está a punto de publicarlo.

Ratino aulló:

–¡Por mil gatos salvajes, sobrinita, esta sí que es una *Noticia* con *N* mayúscula!

Yo me tiraba de los bigotes de pura desesperación

Ah, y pensar que mi bestseller estaba en las patas de Sally...

Decidimos que al día siguiente iríamos los tres a protestar a *La Gaceta del Ratón*. Pasé la enésima noche de insomnio atormentándome: conocía a Sally desde párvulos, y ya en aquella época nos peleábamos. Ella me torturaba siempre con su inquina, me tiraba de la cola, me quitaba los lápices de colores y siempre se chivaba a la maestra. ¡Era una auténtica **PESTE**, ya de pequeña!

Después todo parecía indicar que nuestros caminos se habían separado. Pero cuando inauguré *El Eco del Roedor*, en la calle de la Lasaña 13, ella abrió *La Gaceta del Ratón* justo enfrente de nosotros, en la calle de la Lasaña 14.

Sally no había cambiado con los años. ¡Era prepotente, siempre quería vencer a cualquier precio!

Al día siguiente por la mañana, a las ocho en

...conocía a Sally desde párvulos, y ya en aquella época nos peleábamos...

punto, Pinky y yo nos presentamos en *La Gaceta*. Ratino debería haber venido con nosotros, pero como siempre se retrasaba, nos fuimos sin él.

Mientras salíamos de *El Eco del Roedor*, el portero me explicó que el día anterior se había caído una cornisa justo encima del lujoso coche nuevo de Sally, dejándolo para el desguace.

¡¡¡Qué raro!!!

Entré en *La Gaceta*.

–Quisiera ver a la señora Ratonen, por favor –pedí educadamente.

La secretaria **NEGÓ** con la cabeza.

–No. La señora Ratonen está en una reunión.

Eché un vistazo a través de la puerta de cristal y vi a Sally, rodeada de sus colaboradores, agitando satisfecha el manuscrito.

–No se preocupe, ¡me anunciaré yo mismo! –dije, y entramos abriendo la puerta de par en par.

En los morros de Sally apareció una SONRISA de triunfo. Después preguntó impaciente, mientras se acariciaba con la pata una mecha de su pelaje rubio platino:

–¿Qué pasa, Stilton? ¿Qué pasa, eh? *¿Qué? ¿¿¿Qué???*

Sally lucía (como siempre) las UÑAS PINTADAS DE VIOLETA y llevaba (como siempre) un conjunto de color pastel a la última moda.

Entornó sus ojos del color del hielo, tamborileó sobre su mesa con sus uñas pintadas... y en ese preciso instante entró resoplando el camarero del bar.

–¡Aquí está su desayuno, señora Ratonen! –dijo ofreciéndole seis cruasanes **RELLENOS DE QUESO**, tres porciones de pastel de queso manchego, ocho canapés de **gruyer**, un sándwich de

Sally Ratonen

QUESO DE BOLA y un litro de batido de requesón.

Ella (que tiene mucha fama de tacaña) le arrebató la bandeja de las patas:

–¿¿¿Qué haces aquí parado como un pasmarote??? ¿Qué esperas, una propina? ¡Lo tienes claro! ¡Largo, fuera, vete *te digo*, que tengo trabajo!

Sally se tragó los cruasanes, el pastel, los canapés y el sándwich prácticamente sin mastica

Mientras tanto no me perdía de vista.

Me aclaré la garganta:

–Ejem, Sally, sé que tienes un manuscrito antiguo...

Sally sonrió con socarronería:

–¿De verdad, Stilton? ¡Caramba!

–Su propietario legítimo, Ratino Van Ratten, ya había cerrado conmigo el trato. Me ha cedido los derechos de publicación en exclusiva. Por tanto..., devuélveme el manuscrito, Sally. ¡NO ES TUYO! –continué.

¡QUÉ INGENUO, *CARAMBA*!

ELLA SONRIÓ PÉRFIDAMENTE.

–¡Mira, no tengo la más mínima intención de devolverte el manuscrito! ¡Caramba, Stilton, sabía que eres un ingenuo, pero no hasta este punto!

–Entonces, ¿te niegas a restituir el manuscrito?

–¡¡¡Por supuesto!!! *¡¡¡Caramba!!!* –respondió ella, apretando el rollo con el puño y adoptando una pose triunfal.

Exclamé:

–¡Eso no es correcto, Sally!

Ella soltó una carcajada:

–Caramba, Stilton, ¿qué tienes en la cabeza en lugar de cerebro? *¿¿¿Pienso para gatos???*

Entonces su mirada se volvió gélida:

–El mundo es de los listos, *te lo digo yo...*

Suspiré:

–Tarde o temprano te arrepentirás, Sally. Solo es cuestión de tiempo.

Ella me pasó el rollo por los morros.

–Stilton, si quieres el manuscrito, ven a quitármelo, *¡venga!*

Pinky apareció a mi espalda y se abalanzó sobre ella, chillando:

–¡A ESO HEMOS VENIDO, A QUITÁRTELO! ¡ES NUESTRO! ¡QUÍTALE TUS SUCIAS PATAS DE ENCIMA!

Sally exhibió su sonrisa burlona:

–*¡Caramba!* ¿Ahora te dejas defender por una chiquilla, Stilton?

Entonces se volvió hacia Pinky:

–¡Venga, saca las uñas, nena! ¡Solas tú y yo!

Sally tiraba de una punta y Pinky de la otra.

–¡Cuidado! –les advertí.

El manuscrito se rasgó con un ruido seco.

¡ C R R R R R R R R R R !

De golpe, Sally y Pinky cayeron hacia atrás sobre sus respectivas colas.

Pinky se levantó del suelo con una rápida cabriola. En cambio, Sally al caer se había llevado por delante un candelabro dorado que rodó hasta la ventana y prendió fuego a las cortinas.

En ese preciso instante se abrió la puerta de golpe y entró Ratino, que al ver el fuego aulló:

–¡Por mil gatos persas! ¡Esto es un *Incendio* con *I* mayúscula!

A continuación se dio la vuelta y escapó *CORRIENDO*, pero tropezó con la cola de Sally y cayó de bruces, dando con la cabezota contra la mesa de cristal. Se levantó vacilante...

Oí voces en el pasillo:

¡FUEGO!
¡FUEGO!

Nos encontramos todos fuera, en la calle de la Lasaña, delante de las oficinas de *La Gaceta,* que ardían desde el techo hasta los cimientos.

–¿Y el manuscrito? –pregunté.

Pinky me mostró un fragmento de pergamino.

–He aquí todo lo que queda. Sólo algunas palabras:

PROFECÍAS DEL EXCELENTÍSIMO ET ILUSTRÍSIMO ET CLARÍSIMO NOSTRARRATUS, MAESTRO SUMO, MAGO DE LAS PROFECÍAS...

En aquel momento oí gritar:

–¿Dónde está Sally? ¿Dónde está Sally Ratonen?

¡QUÉ ROEDOR TAN VALIENTE!

Me di cuenta de que Sally aún estaba dentro.

–¿Qué podemos hacer? –se preguntaban sus colaboradores. Nadie, sin embargo, insinuó la posibilidad de entrar en el edificio en llamas para rescatarla. Sally era muy rica, pero muy poco querida...

Lo decidí en tan solo un segundo.

—¡Voy a buscarla!

Mojé mi pañuelo de bolsillo en un cubo de agua, me lo até sobre los morros para protegerme del *humo* y corrí adentro.

Detrás de mí se oían gritos, y oí que el jefe de bomberos me ordenaba que me parase, ¡pero ya era demasiado tarde! Ya había entrado.

El calor era infernal. Trozos de vigas *caían* del techo mientras intentaba desesperada-mente subir al primer piso, al despacho de Sally. Por fin, ¡ahí estaba la escalera!

La subí de dos en dos rogando que no *cediese* bajo mis patas.

En medio del humo entreví una puerta de cristal, aferré el pomo y solté un *grito* de do-lor: ¡quemaba! Entonces vi a Sally: estaba en el suelo desmayada. La levanté (¡por mil quesos de bola, cómo pesaba!) y me la car-gué al hombro; después, no sin dificultad, volví hacia la escalera.

No os puedo decir cómo conseguí bajar con Sally cargada al hombro: quizá fue la fuerza de la desesperación. Cuando por fin salí al exterior todos se agruparon a mi alrededor.

–¡Este ratón es un héroe! –exclamó el jefe de bomberos.

Quizá fue la fuerza de la desesperación…

Un fotógrafo disparaba ráfagas de fotografías.

Todos decían:

—¡*Qué roedor tan valiente*!

Yo soy tímido y no me gusta exhibirme, así que murmuré:

—Ejem, ¡no he hecho nada del otro jueves!

En ese momento Sally abrió los ojos y dijo:

—¿Stilton? Stilton, *caramba*, ¿por qué motivo me has salvado? ¿Acaso querías hacerte el **HÉROE**?

Negué con la cabeza.

—Solo he hecho lo que me dictaba mi conciencia, Sally. Y estoy contento de que te encuentres bien... ¡eso es lo que cuenta!

Durante un buen rato, ella me clavó su mirada helada. Por un instante, solo por un instante, me pareció que estaba conmovida y pensé que quizá me lo agradecería.

Después, sin embargo, se incorporó en la camilla y agitó el puño gritando:

–¡No me lo creo! ¡¡¡Héroe de pacotilla, lo único que querías conseguir era publicidad a mi costa, acabar en primera página, *caramba*!!! ¡Pero en mi periódico no saldrás, te lo garantizo! ¡Ni lo sueñes!

Mientras se la llevaban en la camilla oí cómo aún chillaba, hecha una furia:

–¡¡¡En mi periódico no saldrás!!! *¡¡¡Caramba!!! ¡¡¡De ninguna de las maneras!!! ¡¡¡Caramba!!!*

Suspiré. Pobre Sally. Aún no se había dado cuenta de que ya no tenía un periódico...

¡AL FIN
LO ENTIENDO!

A la mañana siguiente fui a la oficina. Descubrí que mi hocico socarrado aparecía en la primera página de todos los periódicos.

«¡VALIENTE RATÓN EDITOR SALVA DE UN INCENDIO A SU RIVAL!»

El héroe Geronimo Stilton...

«GERONIMO STILTON SE LANZA ENTRE LAS LLAMAS CON UN INCREÍBLE DESPRECIO POR EL PELIGRO Y SALVA A SALLY RATONEN...»

«EL NUEVO HÉROE DE LA ISLA DE LOS RATONES. EL EDITOR DE GENEROSO CORAZÓN...»

Comentando el incendio, los periódicos hacían referencia a todas las desgracias que habían caído sobre *La Gaceta del Ratón*:

– se imprimieron un millón de ejemplares del periódico al revés...

– se rompieron las alcantarillas...

– se colgaron todos los ordenadores...

– se cayó una cornisa sobre el carísimo coche deportivo de Sally...

– ... dejándolo listo para el desguace

– y por último el **INCENDIO** de *La Gaceta*...

Daba la impresión de que una maldición hubiese caído sobre Sally inmediatamente después de haber robado el manuscrito de Nostrarratus.

¡Cuántas desgracias! ¡Pobre Sally! *¡¡¡Qué raro!!!*

Aquella expresión, *pobre Sally*, me recordó otra cosa. De repente pensé en aquella cuarteta incomprensible: ¡ahora comprendía el significado!

¿Lo entendéis vosotros? Intentadlo (y si no, leed la solución que hay cabeza abajo).

¡POBRE DE AQUEL QUE AL MAGO
OSE DESAFIAR,
PORQUE SU ATREVIMIENTO
DEBERÁ PAGAR!

SI EL MANUSCRITO FUESE <u>ODOBAR</u>
NUNCA UN <u>IROTED</u> LO PODRÍA <u>RACILBUP</u>.
FUEGO ENTRE EL <u>PEPAL</u> DE <u>ALYLS</u> HABRÁ
Y <u>OM INOREG</u> CÉLEBRE SERÁ.

Solución:

Cada palabra subrayada es un anagrama. Eso quiere decir que ordenando las letras de la palabra de otra manera obtenemos:

ODOBAR = ROBADO

IROTED = EDITOR

RACILBUP = PUBLICAR

PEPAL = PAPEL

ALYLS = SALLY

OM INOREG = GERONIMO.

He aquí cómo queda la cuarteta:

SI EL MANUSCRITO FUESE ROBADO
NUNCA UN EDITOR LO PODRÍA PUBLICAR.
FUEGO ENTRE EL PAPEL DE SALLY HABRÁ
Y GERONIMO CÉLEBRE SERÁ.

ADORO
LA SOLEDAD...

Aún le daba vueltas al significado de la cuarteta cuando entró Ratino en mi despacho.

qué tal, Stilton, he prometido ayudarle a subir el nivel cultural de la editorial y aquí me tiene; por cierto, ¿dónde me instalo?, me parece que este despacho me vendría perfecto, ah, ¿es su despacho?, bueno, qué más da, también me vale, ¿cuándo lo va a desocupar?, por cierto, **¿DÓNDE ESTÁ LA MÁQUINA DE CAFÉ?**

–¡Eso mismo!, ¿puedo ofrecerle un café? –le interrumpí para cambiar de tema.

Después le pregunté con curiosidad:

–Aunque el manuscrito se ha quemado, usted ya lo ha leído, entonces ¿podría decirme cuál es la Fecha del Fin del Mundo?

Me miró sorprendido:

–¿Fecha? ¿Qué Fecha?

–Sí, claro, la **FECHA DEL FIN DEL MUNDO**, ¡la del manuscrito! –insistí yo con una sonrisa de complicidad.

Él meneó la cabeza, perplejo:

–¿Manuscrito?

¿Qué manuscrito?

–¡El de Nostrarratus! ¡El manuscrito de Nostrarratus! –grité exasperado.

Él volvió a menear la cabeza:

–¿Nostrarratus? ¿Qué Nostrarratus?

En ese instante entró Pinky.

–¡Hola, tío! –Y se volvió hacia mí–: **JEFE**, ¿no sabías que después del golpe en la cabeza no se acuerda de nada relacionado con el manuscrito?

Ratino exclamó:

–Tranquilo, Stilton, sólo he olvidado eso,

¿eh? ¡Todo el resto lo tengo aquí, en la punta de la lengua! Entonces, ¿por dónde tenemos que empezar para convertirlo a usted en un *Editor* con *E* mayúscula?

Aproveché la ocasión para anunciar oficialmente a toda la redacción:

–Escribiré un libro que se titulará *El misterioso manuscrito de Nostrarratus*. Explicará nuestra aventura, desde el viaje a Ratonkfurt pasando por el robo del manuscrito, hasta el incendio de *La Gaceta*...

Todos aplaudieron con entusiasmo. Ratín comentó:

–¡Por mil gatos siameses! ¡Qué buena idea, Stilton! ¡Quién sabe si usted (por fin) se

convertirá en un *Escritor* con *E* mayúscula!

Decidí retirarme a escribir a la casa que tengo en Pico Apestoso y dejé la oficina en manos

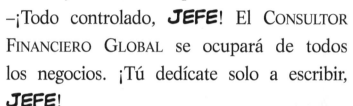

de Pinky. Ella me tranquilizó:

–¡Todo controlado, **JEFE**! El CONSULTOR FINANCIERO GLOBAL se ocupará de todos los negocios. ¡Tú dedícate solo a escribir, **JEFE**!

Pasé un mes de ensueño, rodeado de mis queridos libros. Adoro la soledad, me encanta construir historias, personajes, argumentos. Escribía de sol a sol. ¡Soy tan feliz cuando escribo! Tuve tiempo para reflexionar y darme cuenta de que realmente hay una cierta justicia en la vida.

Sí, *no siempre son los listos los que ganan.*

Por fin acabé el libro.

PERFUME
DE PARMESANO

Volví a la ciudad.

Volví a Ratonia.

Lo primero que hice fue ir a la editorial.

Al entrar en el departamento de administración me encontré a un **RATONCITO** con gafas que debía de tener más o menos unos trece años y que estaba sentado con un aire **SOLEMNE** en un escritorio. Pensé que era un amigo de Pinky.

Galardón Finanz

—Hola, ¿qué haces aquí? —pregunté con cordialidad.

Él exclamó:

—¡Buenos días, señor

Stilton! Mi nombre es Galardón Finanz. Tengo un par de detalles referentes a su situación fiscal que me gustaría comentar con usted...

Puse los ojos como platos.

-¡PINKYYYYYYYYY!

Ella llegó veloz como un rayo.

Le pregunté preocupado:

–Espero haberlo entendido mal. ¡No me digas que este es el CONSULTOR FINANCIERO GLOBAL.

Ella sonrió satisfecha.

–Lo has entendido a la perfección, JEFE. ¡Esto es un CONSULTOR GLOBAL!

de la administración, de tu declaración de renta, de tus inversiones en Bolsa...

En el sentido de que se ocupa de todo: ¡de la administración, de tu declaración de renta, hasta de tus inversiones en Bolsa! Me desmayé. Pinky me REANIMÓ con sales de perfume de parmesano.

Murmuré:

–Dime que estoy soñando. Dime que esto es solo una pesadilla, la peor pesadilla que cualquier editor pueda imaginar...

Sin embargo, en cuanto examiné la contabilidad cambié de opinión: me di cuenta de que Galardón Finanz era un **pequeño genio**.

Pensad que había invertido sobre seguro todo mi patrimonio en acciones de una nueva sociedad que vendía quesos vía **Internet**. ¡Me había hecho ganar más del 300 % de la inversión!

Pinky me susurró:

–Te aconsejo que lo contrates pronto, **JEFE**, antes de que lo haga otro, por ejemplo, Sally Ratonen.

A propósito de Sally: no había perdido el tiempo, nada más salir del hospital había fundado una nueva *Gaceta*.

Miré por la ventana y suspiré: en el número 14 de la calle de la Lasaña las labores de reconstrucción de *La Gaceta* AVANZABAN CON RAPIDEZ.

Para ahorrar, sin embargo, en lugar de contratar albañiles, Sally obligaba a sus empleados a trabajar como esclavos para reconstruir el edificio, con unos sueldos míseros y un ritmo de trabajo

PESADILLESCO...

¡ADORO
EL QUESO!

Estreché la pata de Galardón Finanz y le di la enhorabuena. Al salir del departamento de administración, me fui directo a *mi* despacho. Al entrar vi a Ratino sentado en *mi* escritorio. Gritaba órdenes por mi teléfono a *mi* secretaria.

–¡Qué tal, Stilton! ¡Mientras usted estaba fuera yo he escrito y publicado *Semiótica protozoica de la metamorfosis roedora, o bien Cosmogonía críptica de la estipsis*!

–Pero ¿qué título es ese? ¡No entiendo nada! –protesté.

Él continuó impertérrito:

–También he publicado un manual: *Cómo*

el explorador

el rompecerebros

el culturista

el peluquero

el bailarín de danza clásica

el arquitecto

el instructor de golf

el ratólog·

el anticuario

el fontanero

el bombero

el socorrist·

el astronauta

el poeta

el enterrador

el charcutero

el cantante d· rock

el chef

el médico

el futbolista

el piloto de Fórmula uno

criar un gato: razas, costumbres, alimenta-ción –continuó con aire satisfecho.

–Pero ¿quién será el roedor que se interesará en criar un gato? –grité **TIRÁNDOME DE LOS BIGOTES DE PURA RABIA**.

Él desenvolvió un caramelito de café y con-tinuó:

–Tengo en mente otro título excepcional: *Autobiografía de un genio* (la historia de mi vida). ¿Está contento, Stilton? ¿Eh? ¿Está contento?

Qué razón tiene el proverbio: ¡*cuando no está el amo, bailan los ratones*!

Me consoló la idea de que hay un montón de oficios interesantes, además del de editor.

Por ejemplo, degustador de queso...

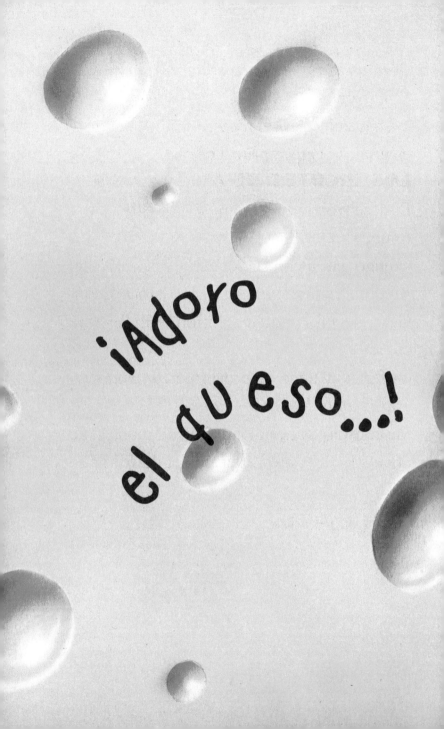

1

Número uno en ventas

¿Queréis saber cómo ha acabado todo?

HAN PASADO TRES MESES.

Yo (naturalmente) he continuado ejerciendo de editor. *La Gaceta* (naturalmente) ha retomado su guerra contra *El Eco del Roedor*.

Todo, en resumen, ha vuelto a ser como antes.

O casi... ¿Queréis saber la novedad?

El misterioso manuscrito de Nostrarratus ha tenido un éxito **excepcional**: ¡ya está en primera posición en la lista de libros más vendidos de Ratonia!

Por cierto, es justamente el libro que estáis leyendo en este momento... ¿Os gusta? Espero que sí.

Os confesaré un <small>secreto</small> (pero ¡que quede entre nosotros!).

Estoy pensando ya en el próximo libro.

Solo os digo que hablará de pirámides, de antiguas civilizaciones desaparecidas, de la Atlántida, Shangrilá, Eldorado...

Estoy documentándome y ya no veo la hora de empezar a escribirlo.

Bueno, queridos amigos roedores, volveremos a vernos en el próximo libro: ¡un libro Stilton, naturalmente!

¡Por mil quesos de b

a!

ÍNDICE

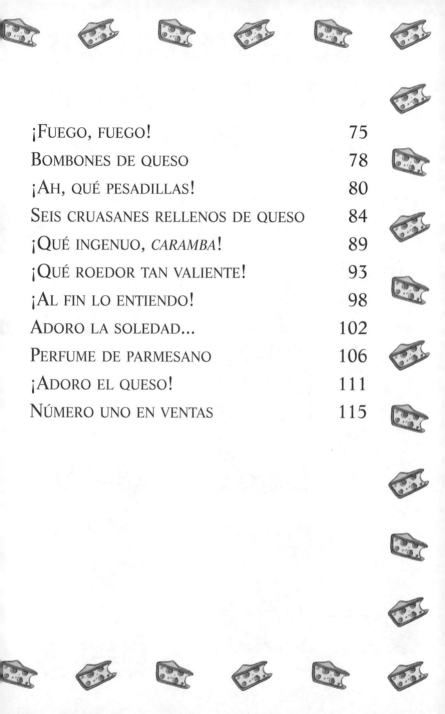

¡NO TE PIERDAS LOS LIBROS ESPECIALES DE GERONIMO STILTON!

¡Descubre las aventuras de *Geronimo Stilton* en cómic!

Querido amigo roedor:
¿Todavía no conoces mi
nueva colección de cómics?
En ella te contaré mis aventuras
superratónicas a través del tiempo
y viajaremos a épocas fascinantes
de la historia. **¡Por mil quesos
de bola!**
¿Te lo vas a perder?
Geronimo Stilton

Planeta Junior

TEA STILTON

❑ 1. El código del dragón

❑ 2. La montaña parlante

❑ 3. La ciudad secreta

❑ 4. Misterio en París

❑ 5. El barco fantasma

DE

PRÓXIMA

APARICIÓN

❑ 6. Aventura en Nueva York

¿Te gustaría ser miembro del CLUB STILTON?

Sólo tienes que entrar en la página web **www. clubgeronimostilton.es** y darte de alta. De este modo, te convertirás en ratosocio/a y podré informarte de todas las novedades y de las promociones que pongamos en marcha.

¡PALABRA DE GERONIMO STILTON!

Este libro no se puede vender sin este comprobante.

PRUEBA DE COMPRA
GERONIMO STILTON
N° 3

EL ECO DEL ROEDOR
1. Entrada
2. Imprenta (aquí se imprimen los libros y los periódicos)
3. Administración
4. Redacción (aquí trabajan redactores, diseñadores gráficos, ilustradores)
5. Despacho de Geronimo Stilton
6. Helipuerto

Río Ratonio

Playa

Ratonia, la Ciudad de los Ratones

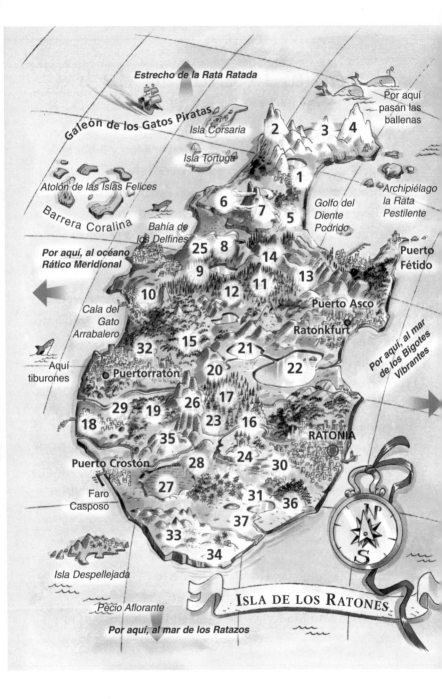

La Isla de los Ratones

1. Gran Lago Helado
2. Pico del Pelaje Helado
3. Pico Vayapedazodeglaciar
4. Pico Quetepelasdefrío
5. Ratikistán
6. Transratonia
7. Pico Vampiro
8. Volcán Ratífero
9. Lago Sulfuroso
10. Paso del Gatocansado
11. Pico Apestoso
12. Bosque Oscuro
13. Valle de los Vampiros Vanidosos
14. Pico Escalofrioso
15. Paso de la Línea de Sombra

16. Roca Tacaña
17. Parque Nacional para la Defensa de la Naturaleza
18. Las Ratoneras Marinas
19. Bosque de los Fósiles
20. Lago Lago
21. Lago Lagolago
22. Lago Lagolagolago
23. Roca Tapioca
24. Castillo Miaumiau
25. Valle de las Secuoyas Gigantes
26. Fuente Fundida
27. Ciénagas sulfurosas
28. Géiser
29. Valle de los Ratones
30. Valle de las Ratas
31. Pantano de los Mosquitos
32. Roca Cabrales
33. Desierto del Ráthara
34. Oasis del Camello Baboso
35. Cumbre Cumbrosa
36. Jungla Negra
37. Río Mosquito

Queridos amigos roedores,
hasta el próximo libro.
Otro libro morrocotudo,
palabra de Stilton, de...

Geronimo Stilton